U0007912

台北字遊行

 給散步者的冒險筆記

夏宇童、簡莉穎、李豪、崔舜華、陳繁齊 ── 合著

研寫樂有限公司 ── 策劃

目錄
CONTENT

①號城市觀察者 ———— 夏宇童

②號城市觀察者 ──── 簡莉穎

③號城市觀察者 ———— 李豪

④號城市觀察者 ———— 崔舜華

⑤號城市觀察者 ———— 陳繁齊

後記

①號城市觀察者 ——— 夏宇童

創作型歌手、主持人、演員，在各領域皆有亮眼表現，近期並跨界編劇及製作。目前為《閱讀夏LaLa》podcast節目主持人、《Taipei Walker》駐站專欄作家。曾出版圖文書《戀戀東京》。

漂亮寶貝

小朋友沒聽過神奇寶貝，後來正名精靈寶可夢。
當初你誇我漂亮、叫我寶貝，現在遇到都小聲說
是前女友。

風情純萬種

想成為像你一樣的人，舉手投足便能散發魅力，連打瞌睡的樣子都是美麗風景，雖然形容得俗氣，但你就是讓我想這麼直接的稱讚。我好想成為你，然後只讓你目不轉睛。

你這個笨蛋

稱讚對我來說很無感，我不用特別做什麼，就算只是在發呆，也會聽到～。
「你這個小寶寶。」「你這個小可愛。」

不過，如果我用力把娃娃咬破，在公園跟鄰居吵架或嫌棄飯飯不吃的時候，你就會開始大呼小叫，但只要我翻身躺下、握手手，兩眼看著你說「顆顆，你這個笨蛋。」一切就沒事了。

既然你不愛我
為何要親我

我又跑到那晚跟你並肩走
過的街角，耳機重複聽著
美秀樂團，他們唱的疑問，
我沒勇氣傳送給你。我愛
你，卻讓我討厭自己。

緣

前世宿命畫成圓
一角兩角多人戀
千里孽緣到處牽
人來人走半生緣

Weny 又在賴床

：「喂！你！又再賴床！」

：「...。」

：「起來！你要遲到了！是怎麼樣？我要叫幾遍？」

：「...。」

：「Weny 小姐，我最後一次問了，你要怎樣才起床？」

：「媽，我放寒假了。」

：「...。」

要喝溫開水

「溫開水。」
你的聯絡人裡沒有叫做溫開水的人，
你在找誰的資訊？
「那你覺得我可以找誰？」
不清楚，還有其他需要幫忙的嗎？
「我只是想找個人提醒我喝溫開水。」
這超出我的能力範圍。
「你知道喝溫開水的好處嗎？」
這是我在網路上找到的相關結果，
喝溫開水六大好處藏不住！
「沒有人關心我。」
我不太清楚你想表達什麼。
「你要喝溫開水嗎？」
我想想，我沒有這個問題的答案。
還有需要幫忙的嗎？

雞蛋糕

放學時間，學校對面騎樓下總是擠滿人，都是在等待，等著買雞蛋糕，我等著母親。味道洋溢幸福，等的時間是焦躁不安。什麼時候輪到我？還要等多久？是忘記來接我？會不會賣完？

會不要我嗎？

製作雞蛋糕只要三種原料，雞蛋、糖、麵粉。單親家庭的組成我和母親。

全揉成團，美味配方是幾分之幾的比例？學校對面賣的雞蛋糕，聞著很香，吃起來卻是失望。畢業後我製作著幸福配方，愧疚加點埋怨，再來點些許責任調味，關於人生，聞著是期盼，嘴裡嚼的是，不自由。

請拍打餵食，吃貨無誤。

那個人手上拿的是從垃圾桶裡撿起來的。

長蟲的三明治一層缺愛、一層貪婪另一層
是無賴，我張嘴大喊為了永生被愛，便把
蟲和著寂寞吃下，我的肚子越來越圓，心
的空洞越來越大。

心碎小狗

哪裡都是心碎散了一地
等待家的小狗
等我愛的人

敢領養

A：「我怕成犬不好教耶！肯定會亂叫、隨意大小便。」

我：「我看過許多書，也帶過我家的毛孩上過行為訓練，老師說過，教不會的不是狗，大部分是不會教的主人。簡單來說，若是狗狗有問題，那飼主給予的生活環境及相處模式也一定有問題。」

A：「哎唷，萬一生病怎麼辦？醫療費一定很高。」

我：「請上網搜尋新北市政府動保處，新北市 112 年度認養公立動物收容所不易送養犬隻，提供首年寵物保險費補助，認養犬貓就享有寵物終身免費醫療諮詢、免費健檢、疫苗注射及寵物保險費補助等優惠福利！」

麻煩大家一起 #敢領養

做自己

去論命，老師說我明年犯太歲，年初時得懂得斷捨離，若不知道如何取捨，那就是選擇自己喜歡的人事物。

我謹記在心，每遇到岔路的抉擇時，我便想著老師跟我說的話，一年年過去，我沒再去論命，朋友都問老師這麼準怎麼沒再去。

我說我找到了其中的道理，能運用現在面對的日子，人生如此短程，選擇自己有熱忱的事不是很自然嗎？

小時候，我們只能接受大人的安排，當自己有想法提出不是被否決就是被批評，久了就一點一點的抹掉自己的樣子。

因此，我們越長大越不快樂。

雖然，不見得做自己就一定快樂，但滿足、完成自己，也是愛自己的方式。
活著，就大方的做自己吧！

愛腹瀉少女的祈禱

哈尼路德，讚美你路德，我是你的少女。

求你治療我的疏離不耐症，請你賜給我力量，面對一天沒有你的訊息時，我仍愛你，揪著的一顆心能不畏火燒。若五天你消失且沒更新社群，我仍向你祈禱，請給我意志力，讓已捲曲的身體扛得住，因逐漸在失去的絞痛。兩個禮拜後我從她的限動看到你，你的光榮，照亮馬桶裡的混濁。

你降福我的是填不滿的安全感，你對所有人的慈愛使我腹瀉，拉出來的也無法讓關係變得清晰。

乾涸的許願池裡沒有硬幣、沒有希望，只有墮天使。我弓著身體，向你雙手合十，求你的愛語，甘願墜入腹瀉地獄，我向你祈禱。愛我。

祝您健康快樂

那個人必須先存在，我才能存在。
只要您健康，我就能快樂。

請常念

你世界漂亮

世界漂亮在台協會

請常念 你世界漂亮

你世界漂亮。
你世界漂亮。
你世界漂亮。
你世界漂亮。
你世界漂亮。
　：「喔，謝謝。」

②號城市觀察者 ——————— 簡莉穎

彰化員林人，劇場、影視工作者，文化戲劇系、台北藝術大學劇場藝術研究所劇本創作組，劇場編導演作品三十多齣，現任大慕影藝、大慕可可內容總監。

著有劇場劇本集《春眠》、《服妖之鑑》、《叛徒馬密可能的回憶錄》，漫畫作品原作《直到夜色溫柔》，原創劇本書《人選之人 - 造浪者》。

生活中的朋友

「我從小有個疑問是：HCG 找劉德華之前馬桶上面是誰？」

「那你現在知道了，感覺如何。」

「我覺得很怪，好像 HCG 不再是我生活中的朋友了。」

「你生活中的朋友是劉德華。」

「他唱《馬桶》是我青少年時期的震撼欸，偶像可以唱馬桶的歌嗎？」

「可以，他是劉德華，什麼東西貼上他的臉，就不一樣。你要張學友、郭富城、黎明的馬桶？還是梁朝偉？」

「不要朝偉，我可能尿尿到一半會哭出來，他會提醒我愛無能的那個部分。」

純男子漢的選擇

小明：一張 220，兩張 400，買一下啦！

小華：沒有鏤空很大 ken，也不防水，不到一個月就翹翹當我盤子？那麼大一個貼車上很醜啦。

小明：乾在創業啦支持一下。

小華：幹嘛支持你？

小明：我你生的啊！

小華罵了一聲幹，抓了一包貼紙丟進自己的 Golf GTI，新改的排重低音響從後車廂一路震到小華遞出紙鈔的手，鈔票掉在地上。小明撿起，騎上 YAMAHA，滑開 UberEat 送餐 App。

小華：（心想）廢物。

小明：（心想）廢物。

大腸王

小美繼承爸爸的印刷小公司已經十年，在網上架設最少 10 張就可開版的服務，做了各種各樣的貼紙。

426 是什麼意思，為什麼要跟大腸王放在一起沒關係不重要。

原子筆畫的原稿，收件地址在三重，固定的郵政信箱，每年總會收到固定一筆訂單。路上看到印刷的貼紙，小美都會拍照，心想那也算是自己的作品。

終於小美也開始用 Line 聯繫客人了。今年小美收到原稿，是一張屏照，小美皺眉，想說又來了，名字很像女生就會這樣。

小美舉起黝黑結實的手臂，放在大光頭旁邊比個中指，傳給對方：「下次不要再這樣了。」

搖頭

Ａ：這是思源黑體、很舒服、順眼、很
中性、很常用，italian

Ｂ：italian

Ａ：最粗的字級叫 italian，它有內建六種
級距的粗細，做一整本手冊的字體
都夠用

Ｂ：你是設計師？

Ａ：差不多，有弄一些朋友的東西

Ｂ：海報嗎還是包裝

Ａ：哈哈講了你又不知道

Ｂ：哈哈我也是設計師
可以傳給我看看啊（圖片傳送）
我之前做的酒標。
哈囉？
呦呦呦～
…….
厂厂該不會被封鎖了吧
假設計師
遇到真的就跑了

追高俠

「我有在買股票。」

「我也有。」

「真假?」

「他也有,她也有。」

「那就好。」

「為什麼講話要這麼小聲,這是什麼秘密嗎?」

「我們是藝術家,不能被人家發現,手機有下載籌碼K線,我們要大聲說,追高是什麼啊?我不知道!」

藝術家作為公民
藝術世界作為國家

「我真的很討厭看到這種宣言，用藝術要提倡任何主義、世界大同、抵抗地球暖化、反戰，都不可能，布萊希特說藝術不帶來任何東西，它是娛樂的，沒有什麼藝術公民世界，如果有，那也是一個資本門檻極高的世界，你想加入，人家還不承認，你會需要宣稱自己是一個公民嗎？不會，因為那是憲法保障的基本權利，需要宣稱的東西，就表示你不是，而且永遠可以透過這種宣稱得到某種姿態上的好處，自感好也是一種好處。」

「我剛剛在想一個問題。」

「什麼？」

「Nation 前面要加 the 還是 a 嗎？」

你再那個臉試試看

「你再那個臉試試看」

「別人都可以，你怎麼不行」

「我數到三」

「你知道請家教花了多少錢嗎」

「早知道不要生你」

「老了管不動了」

「你開心就好，隨便」

「難道我會害你嗎」

「把你養這麼大我得到什麼」

「好好好，都你對，不愧是全家唯一一個碩士」

愛財

「你怎麼什麼都不說？」

「要說什麼？」

「說說你對我的感覺。」

「我希望我的腳變成綠色的。」

「蛤？」

「這樣我就可以每天只關心我的腳是綠色
的，叫你不要煩我、不要愛我、不要跟我
規劃什麼共同的未來，我們財務各自獨立。
我的腳是綠色的！這還不夠慘嗎！」

「你不喜歡我就直接分手啊。」

「我沒有力氣，我沒有力氣掰沒有力氣當個
大人沒有力氣愛人沒有力氣賺錢沒有力氣
分手沒有力氣做每一件閃閃發光的事情，
我沒有力氣了。」

茶水間

都沒有人
聊八卦了，
都用 line。

聽媽媽的話是國歌

橄欖樹是民歌，
三民主義是黨歌，
ABCDEFG 是英文歌，
哞哞他魯桑是日文歌，
椰子樹沙灘假歐風是你歌，
每天去咖啡店滑手機靠爸養是我哥，你哥，他哥。

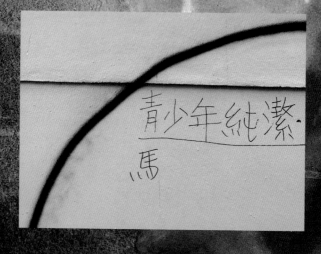

青少年純潔

「每個『潔』都寫錯，這樣才對。」
「字都要紅色，這樣才對。」
「純潔後面是『騙殺全國』。」
「這樣才對。」
「要錯到好像迷因喔，就對，是迷因。」

把你阿嬤賣掉

把你阿嬤賣掉

Ｋ「把你阿嬤賣掉！」

Ｚ「魔法阿嬤。」

Ｋ「啥」

Ｚ「動畫啊，就你拍歐歐這張啊。迷因。」

Ｋ「沒看過，什麼時候的啊。」

Ｚ「199 幾吧，忘了」

Ｋ「那我還沒出生」

Ｚ「你只有這張喔？你不是養牠養好多年。」

Ｋ「洗出來的只有這張。」

Ｚ「牠在幹嘛？好像真的很生氣欸」

Ｋ「牠最討厭洗澡了。一邊餵肉泥一邊洗也沒用。」

Ｚ「對啊」

Ｋ「之後還有想養貓嗎？」

Ｚ「再一陣子吧。」

Ｋ「還是黑貓？」

Ｚ「不了，我只有養過唯一一隻黑貓。」

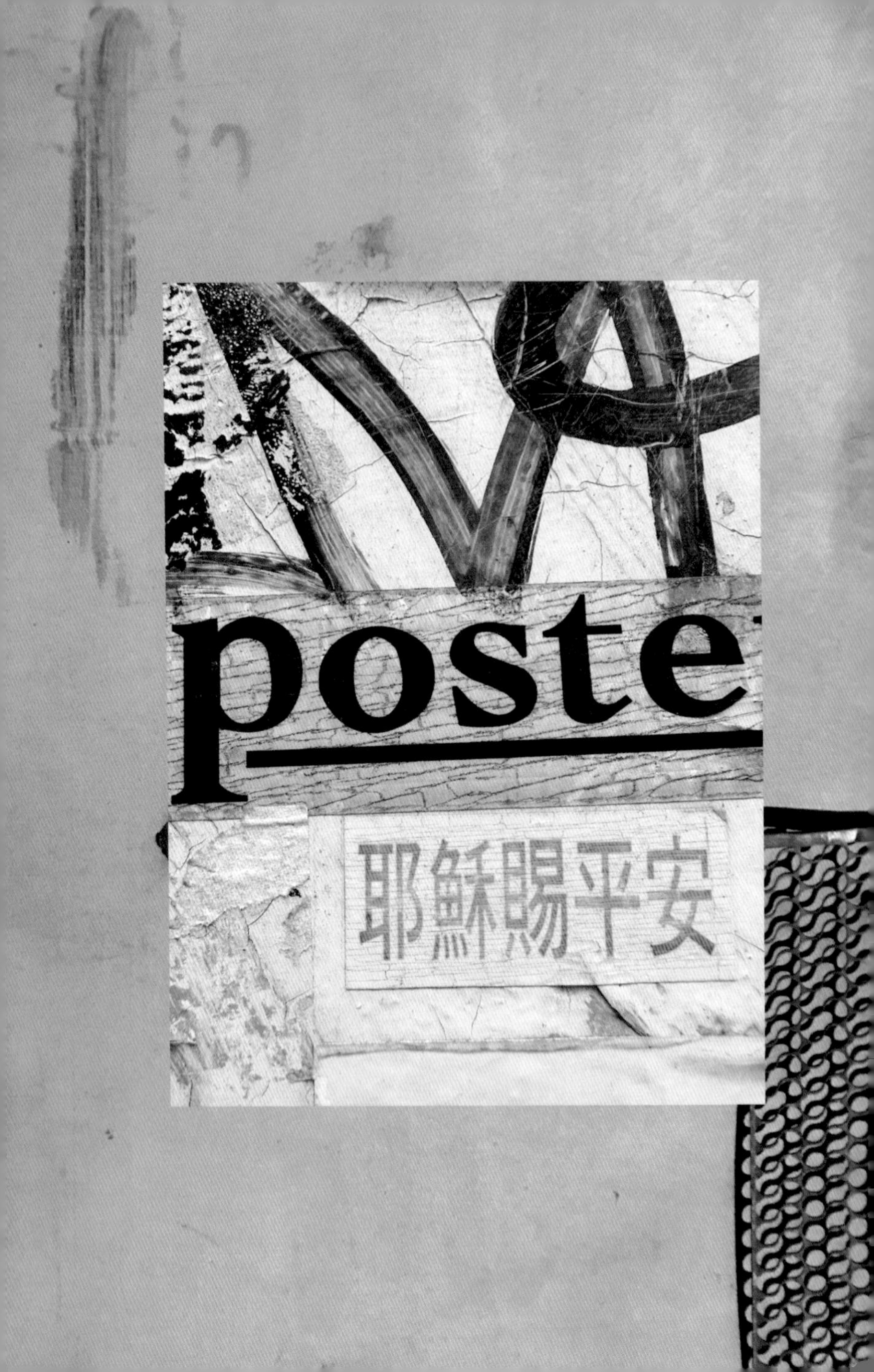
poste
耶穌賜平安

耶穌賜平安

粉紅色就是正義，但正義不一定是粉紅色。
畫線的是重點，但重點不一定畫線。
國家是由人組成，但人不一定能組成國家。
人美心善，但心善不一定人美。
哀莫大於心死，但心死了就不哀了。
耶穌賜平安，但平安不來自耶穌。

捐血救人

「唐老鴨不姓唐。」

「是喔。」

「他叫 Donald，唐納，跟川普同名。」

「是喔謝謝你告訴我。」

「唐老鴨的初代配音員是白血病過世，之後才換人，順帶一提，台灣藝人蔡閨有幫唐老鴨配過音。」

「你居然有這麼多關於唐老鴨的冷知識」

「這就是為什麼我在唐老鴨旁邊貼了捐血救人。我太喜歡冷知識了，以至於我每次看到唐老鴨，就想到白血病。想到那個醫療不發達的年代，而且捐血還沒有牛奶跟餅乾。」

「嗯嗯哈哈，我先去洗澡喔，明天要早起。」

人生

「你今年要去大港嗎？」

「為什麼不問我明年？」

「因為今年的大港還沒到啊。」

「如果我把你的留言，放到 3/27 之後看，你問我今年要去大港嗎？你就會立刻知道自己問錯了，你要問的是明年，因為今年的大港已經過了，所以『今年要去大港嗎』問的究竟是 2023/12/31 號前的今年，還是 2024/3/26 之前的今年的大港？」

「我搞不懂你在講啥瘠。」

「我也搞不懂，這就是人生吧。」

③號城市觀察者 ——— 李豪

居於永和，育有兩貓。性嗜酒，家貧不能常得。著有詩集《自討苦吃的人》、《瘦骨嶙峋的愛》、《傾國傾城的夢》。文集《剩下的盛夏只剩下了盛夏》、2020 文集《厭世者求生指南》。

超憤怒兔兔

心如死灰

有一團火在我身體裡燒，燒久就成了灰。

最初的記憶是來自小學時期，我一邊洗澡，一邊心裡暗自做了個重大決定——未來即使有事，也不再告訴爸媽。雖說幼稚，然而這個承諾卻深深植入神經，成為我生命經驗的一部分，即使長大成人依舊如此。

小時候不都這樣，家裡一邊吃飯，一邊探問在學校有沒有發生什麼事，如果犯錯、如果誠實，換來的反倒是一頓責備。當時尚未有法治觀念，卻早早學到一罪不兩罰，如果我已經在學校被懲處了，再說出來只是找罪受，更比如說長大後，偶爾收到交通罰單，明明罰款也得自己繳，仍然免不了收到一陣嘮叨。

當然知道家長都是為了子女好，但這種用錯方法的關心，不知不覺卻將我們越推越遠，很難相信有能夠不計任何代價、包容一切的愛，於是我學會假扮完美的形象，這也是唯一讓我們彼此好過一點的方法。

倘若出事，別人可能第一個念頭是找爸爸媽媽，而我大概會是「可以不要聯絡父母嗎？」後來即使失業、失戀、身心出了狀況，連最親近的人都無法碰觸，久而久之我也就沒有可以任意傾訴不被否定的對象。

當我墜落，我知道能夠接住自己的，只有自己。時常有一團火在我身體裡燒，燒久就成了灰，成了灰也便不為外物所動，對於苦難漸漸無動於衷。我不清楚人是否必須要依賴什麼才能夠活下來，但我知道活得獨立而冷淡，是很辛苦但有用。

機車

自由的人

曾經想做最自由的人，以為那就是最有權力的人。我要發光、要被愛、要不容忽視，我不想永遠只能在有限的選項裡作決定，或者往往是被選擇的那一者。

然而，這條路上，卻彷彿成為一個走鋼索的人，手握著一種恐怖的平衡，踏下的每一步都戰戰兢兢，甚至離得太遠，已經忘了最初的起點。

所以我放手，從這場夢裡墜落。也終於明白，什麼都不要的人，原來才是最自由的人。

不再追求幸福或永遠快樂，但願能夠不焦慮於黑夜或總想著要逃避無聊，在寧靜時懂得與自己相處，並且還能夠做小小的夢，即使是，明知不會實現的那種，也足以讓我抱著想像活下去。

想離開這裡並不容易，但要有塊棲身之地更難，我對未來已然沒有什麼太多的憧憬還是想像，戰爭或世界末日也許很快就會到來，也可能永遠不會，恐懼是房間裡的大象，而我唯一能夠確定的是——我只會在這裡賴活著；腐爛，我也只願在這裡。

一切的一切如此絕望，我知道自己可能一無所有的死去，但是直到那一刻來臨前，我必須清醒地活著，所以每天起來我仍要梳齊頭髮、燙平衣裳，然後喝杯咖啡，為我所愛的做好所有準備。

心遠地自偏

每個人都在城市裡寂寞，於是我們快樂著自己，我們時尚著生活，我們世故著人生，我們努力包裝，好讓自己值得，不如內在那般脆弱。

只是，城市仍然寂寞著每個人，快樂之後依舊得找尋快樂，時尚還要追逐時尚，世故練習世故，我們努力包裝，又總是左心防右心事。以為自己值得，卻成為眾多模糊面孔的一分子。

活在車水馬龍裡，人就變得矮小，我的視線過於擁擠，回憶快速而免洗，愛總是被解讀得很狹隘，在僅隔三十米的建築與建築之間，一如困獸之鬥般，自己矛盾自己。

所以我們要旅行，要去抬頭看見一整片浩瀚的星空，閉眼聆聽一整曲波濤的海洋，深深呼吸一整座鬱郁的森林，再放肆品嚐一整條歷史的老街，在廣袤的風景裡，喚回自己最初的信仰。

我們必須遠行家裡，方能發現家的可貴；偶爾走出城市才會想起當初走進來的原因；稍稍離開那些熟識的人群，就會知道有誰應該珍惜。

駱駝

行走在無垠荒漠
腳底的沙
是反覆的漏

自小至大
被迫裝滿行囊
空虛的思想
竟如此沉重

背負枷鎖
自由即是刑罰
鞭笞亦是報答
還有好遠的路要走

再怎麼說
都回不了頭
偶爾耽溺幻想
像我這樣的馱獸
是否也有血肉
能夠灌溉一整座綠洲

被一根稻草壓垮的駱駝
走過的每一個地方
都是案發現場

沒有原創的贗品

所有的人都活下來了
在黑鏡的最裡面
並為這無中生有的世界
鑄造了美好前程

當所有的路線
都變得透明
以為自己獨一無二
你是你，而我就是我
是無法同質化的星星

這裡的一切
什麼都有
終於在龐大的意識流裡
錯認心之所向的終點

當所有淡薄削瘦的幽靈
都空投進到擁擠虛胖的殼
我是我，而你還是你
卻不過是整座宇宙
全數不同的星星
的其中一顆

我們已經什麼都有
活著還是恐懼於
什麼都要爭

夢遊者

是第幾次輪迴又更接近真實
窩在哪裡？被以含糊其辭
包覆。昨夜明明漱流枕石
醒來卻排列整齊在流水線上

案牘勞形讀成勞贖
用勞務換回抵押的人質
沒有人知道如何不被綁架
儘管舉出了種種譬如
可離返家的時間已經越拉越長

又是第幾次輪迴，重複而重複
尋覓一個終極意義，好讓尋覓停止
穿過另一個人的身體並不疑有他
填滿是虛無，抽離亦是虛妄
或許有什麼晃眼即逝
一瞬之光，錯過我們恍惚
自願忍受，一切的一切週而復始

規律的跌宕起伏
終究也是一種穩定
自動導航，一如往常
誰能肯定清醒者此時
並非同在一個集體的夢裡遊行

衝浪者

～浪浪浪浪～浪浪浪～浪浪～浪
浪～浪浪～浪浪浪～浪浪浪浪～
浪浪浪～浪浪全浪浪～浪浪浪
浪～浪浪～浪浪浪～浪浪浪浪～
～浪浪浪浪～浪浪浪～浪浪～浪

滿是徒勞虛無

我終於知道了
這條路是走不到最後的
或者停下的時候
才是盡頭

獨自一人
在危脆的甬道上奔波
四周是荒蕪的夜色
以為咫尺有光
不如說更像一支胡蘿蔔
綁在身上置於眼前
於是我的憂傷
馬不停蹄

想起自己也曾經是火
照亮他者的同時也
消失一些自己
事到如今只剩餘燼
連憤怒的誓言
最終都化為烏有

於是我開始學習
沒有必要的
就應該保持沉默
沒有真正擁有過
也就沒有什麼能失去了

為了逃離痛苦
所以追逐快樂
後來連快樂都變成
繁重的包袱

我終於知道了
行囊裡一直裝著
滿滿的都是空無一物

葬禮

濃妝豔抹
從頭到腳都厭倦
是什麼偽裝了自己

能言善辯
遮掩內心的恐懼
為了被愛
不斷揮舞著貪婪與慾
留下的除了黑暗
什麼也沒有

那個人最後
發現了自己的葬禮
他走了進去
哭著出來

迎向終焉的少女

妳出發之時無風無雨，走的路途
亦沒有歡呼，沿徑傳來噪聲
質疑妳的動機，質疑——人不能
說走就走。我知道那
絕非真理

從地獄通往天堂
需要多少時間？
久居戰火之地的人
也會有鄉愁嗎？
穿過沙漠的背面
是否就是海洋？
妳啟程在很早很遠以前
只是到了盡頭才告別。

像秘密終是秘密，像猜忌
惹來更多猜忌，有人嚮往
有人配著下酒
有人帶著花和寶藏
回到一如記憶的濫觴
走來那麼不卑不亢

世界緩慢暴烈癲狂般守序
有人愛得骯髒
有人骯髒而不被所愛
留下來的見自己日益腐朽
妳半生出走
少女永世少女

出外運勢

學業考運

情感諮詢

超人出沒中
Beware of Ultraman!!

你在幹嘛

大學時候，我遇見了一個特別的人，與她約會了
整個夏天，在夜裡數著星星，在海邊看沙與浪花，
在平溪一起放天燈，但她的願望不是我，自始至
終我都摸不清楚她心裡想著什麼。一次爭執後，
我起了放棄的念頭，載她回去的路上，冷漠、不

發一語，猜想大概這就是故事的結局了。翌日，她卻問了我家地址，換她坐著公車來找我，此後才終於成為我們。

雖然最後還是分開了，但從來沒有忘記那種尚未在一起但她願意遠赴一個陌生地來見我的感覺，無論交會的時間長短，我始終覺得那就是一種被愛。

轉眼十餘年的流光穿過我，談過幾場失敗的戀愛，變成一個不怎麼樣的大人，然後不知怎麼地，就再也沒有進入一段穩定的關係之中，即使有過一些約會對象，卻彷彿阿基里斯追著龜，永遠沒有抵達的一刻，只要我停下來，路就遠了。

先退出遊戲的人不見得就輸了，或許那不是一場零和競爭，而是合作通關的賽局。孑然一身數年，我已經找到最舒適的姿勢躺好，朋友說我太挑，我是挑，但並非在一群人中挑對象，而是在現在的生活以及成為「我們」後的生活之間比較。

可能是再也沒有真正感覺到被愛，雙向奔赴才有意義，我就在這裡，哪怕只是簡單的一句「你在幹嘛？我去找你好不好？」

你值得很好的愛

我想都是自卑的緣故。

我已經一個人走了好遠，回想起來，路程的前半途，為了被愛，自己是低在塵埃裡，即使對方有要去的地方，見要見的人，也願意陪她走過那一段，直到不需要我為止。

幾次失敗下來，在那人還沒有疏遠之前，就已經先自我懷疑，深怕一句不經意的言語，就令自己成為無所緊要的角色，於是，沉默往往變成最後唯一的抗爭。也許心知肚明，如果自己沒有一往無前，對方就會像斷了線的風箏，越飛越遠。

即便在一段關係裡，卻也被不安全感所控制，總覺得自己不夠好，因此處處提防戀人進入那些看似包裝精美的陷阱，追根究底，只是不希望對方對自己失望，但是久而久之，這種擔憂變成一種懦弱，沒有承諾就沒有期待，患得患失。

自卑的人緊握著僅存的一絲尊嚴，極度渴望認同，像隻護食的小狗，更誇張了自己值得被愛之處，甚至將它視為比愛本身還要重要。自卑的人在他者眼裡，也是自大的，在愛的人面前更顯得自私。

我想一切都是自卑的緣故。

我已經一個人走了好遠，後半途終於走上自己的路。那是一種覺悟，是落到谷底的人明白沒有誰應該救你，必須要獨自一步一步練習，設定該去的方向，儘管沒有人同行，無論要花多少時間，至少知道自己都有在前進。

那些行動是只要有努力就可以有一些收獲，而非寄望於無法控制的人事物，能夠讓自己找回一點信心，願意相信不是所有目標，最終都是徒勞無功。

「你不喜歡我那不是我的問題，我已經給出現階段最好的自己。」其實無關感情，放諸整個人生也相同道理，曾經的那些敝帚自珍，也不再因為別人的看輕而感覺整個人都破破爛爛；即便自己的好沒有被認同，我也沒有什麼好失去。

自卑和自大一體兩面，而自大和自信的分野又在於，一者需要說給別人聽，而另一者無論別人說什麼，我只聽自己的內心。有聽到了嗎？它在說著：

「你是很好的人，你值得很好的愛。」

比死更冷

熱水放入冷凍庫後比冷水更快結冰

這個看似不符合科學常理的命題，卻在半世紀前的《物理教育》期刊中被提出，甚至早於 2300 多年，古希臘哲學家亞里斯多德就曾表示過：「如果要讓熱水快一點涼，就要放到太陽底下。」

此一現象稱為彭巴效應（Mpemba effect），不過要到近年才成功排除一切變因，以實驗證明實際存在，成因與原理仍未明朗。

或許萬物的真理都能借此喻彼，我經常想，為什麼

最初抱持最多熱情的人，到後來往往心灰意冷得最快？甚至選擇忘記。我一直以為人是慢慢放下的，其實不是，人是可以一個瞬間就不愛的。每當被問及那些為什麼令自己深深著迷的感覺，用一句「忘了」簡單帶過。

多數時候，確實不能說是遺忘，真正忘記的人不會發覺自己忘了，其實都是不願意去想起。倘若願意開口，早已是不再感到後悔的時候。

因為有一天，自然會發覺那些投注的熱情皆來自自己單方面的想像，與其說是現實潑了理想冷水，更像是一場貿然的豪賭，讓自己失望的終究是自己，再也沒有人可以責怪。

熱情是能量，有時候也是屏障。於是我再也不會
輕易投入百分之百的自己。仍然會為心之所向，
走上跌宕起伏的旅途，最終的目的地沒有改變，
只是過程的步伐，我已經更為節制。如果這份努
力中，看不見抵達的希望，或許我也能夠更加坦
然地回頭。

冷水放入冷凍庫後竟然是悠悠慢慢地凝結成冰，
如此面對那樣絕對冷酷的結局，對它而言，從來
沒有煮成熱水的經歷，不是強烈晃動的、不穩定
的分子，就只是成為不動聲色的冷。我好像可以
理解，這種節制也是一種成熟。

十年孤寂

不知不覺已經獨自待在這裡許久，始終找不到融入的方法，陽光潮濕，風是酸澀的，手中的冰淇淋，滋味還沒被誰了解就已融化。

突如其來的烏雲，遺憾滿地開花，無法投遞的想念倒退著消失，偶然想起了童年一件很小很小卻很重要的事，卻怎麼也想不到和誰分享，這段只剩自己在意的人生。

十年孤寂是聒噪的靜默，身體亢奮激動，靈魂卻已疲倦衰老，彷彿和廣場上所有人都在演奏音樂，卻沒有誰耐心聆聽，站在洶湧人潮之中，直覺抽離，旁觀著自己正在離這個世界越來越遠，日曆一頁一頁地撕去，數字和數字反覆詰問，距離那一天還要多久？

畢竟不夠善良，也沒有足夠的惡意使人淪陷，只是偶爾用謊言去抵銷身上的偏見，終於遇見有人活得比我還要骯髒，試著安慰他一切都是最好的安排，他不作聲，想起曾經也有人這麼對我說話，走近才發現那是一面鏡子。

天黑了我依然沒有能夠回去的地方。

一夜臺北

她活在夜的操場
沒有花香，有的僅是
菸草氤氳著她的秀髮
在霧裡唱歌
酒釀成了兩行河
我不介意她這個樣子

她搖搖晃晃，像流入大海
還好嗎？我問
她舉起破的杯子
再摔得破破爛爛
說這裡開始無聊了
要不，我們離開吧？

午夜幽靈模糊浪蕩
萬物生滅得緩慢
她掀開手臂
如一把衡量痛苦刻度的尺
她說有些人光是存在
都像他者眼中的髒字

可我也不是什麼好東西
只是今天比昨天更擅長活下去
任誰都不得不漂泊在這座城市
即使生於斯長於斯
也有如找不到鄉愁的流浪

我們今晚不做夢，好嗎？
沒有人知道堅強是不是
醒來的必需品，或許
有一天終將遺忘

天亮時沒有陽光
疲累厚重的雲層更適合
在心跳的隱喻裡
我們偷偷聊起希望

她一事無成
她也與世無爭

④號城市觀察者 ——— 崔舜華

DON'T PANIC

照片提供：2022 臺北文學季

1985 年冬日生。有詩集《波麗露》、《你是我背上最明亮的廢墟》、《婀
薄神》、《無言歌》，散文集《神在》、《貓在之地》、《你道是浮花浪蕊》。
曾獲吳濁流文學獎、林榮三文學獎、時報文學獎等。

心碎鯉魚湯

和你分開的時候
轉身碰上了冬季憂鬱症
萬事恰巧故不得不相信——
此即命運——如女巫燉湯
心碎而沸傷

反情勒互助會

套在頸上的那條繩索
你親手綑的結
怎麼那麼結實的
彷欲置我於死地
而如此親暱

有些懶獸

猛獸注定勤快
懶獸天生散漫
假如有些懶獸咆哮
那毛茸茸的哀傷與悲憂
留待隔日的文明馴服

我就是主人的玩具

請你——搗毀我
解除我
校正我
讓我成為
你身體最隱密的患部

我愛你你愛她
你說你眼瞎不瞎

這座城市到處是心碎的人
他們遊蕩，呼喊，如霧蒸散
但我仍然停留在原地
在原地看見彼此的命運
各自幸福，再無交錯

南無阿彌陀佛

半生寥落
身前無後
如今我的心再無他念
於千軔之水底
勘破紙醉金迷

恰似你的溫柔

再沒有一首情歌比得上你
也沒有一種色號足以命名
你就是音樂，陽光，水分
你是清晨六點鐘的晨曦
宇宙間唯一的祕密

浪漫去死

浪漫去死

摔毀這塊生日蛋糕
再搞亂那場深夜派對
朋友們。上街頭。離開
撐起你的誓言或者雨傘
從頭來過，再重生一次

渣男卍復仇者

場所代碼：2628 7245 5965 541

渣男復仇者

蓄髮。小髭。菸或草
他嚴重地吸引你
他嚴正地警示你
但你要握取最好的權柄
在他之內，在他之上

黑貓黑嚕嚕
不只黑嚕嚕 還會呼嚕嚕
除了呼嚕嚕 他還胖嘟嘟
黑貓胖嘟嘟
肚子一直咕嚕咕嚕

黑貓黑嚕嚕

那麼柔軟的濕潤的可憐的
小東西——
用墨色在蓬鬆的肚腹
暈染一池豐腴的水勢
便是雨，便是溪，便是風，便是雲。

想和你天長地久

這件事我必得鄭重地告知你——
人一生啊
有那麼多路好走
僅願意去熟知
抵達你的捷徑

極度暴躁

做了格外漫長的夢
醒來像一座黃昏的沙漠
但眾神不顧，天地不應
不禁惡由心生
難忍玉石俱焚

畸因

命帶反骨，生成叛徒
我想你是這世勢裡
最甜美的革命家
迎著風將長髮甩上肩膀
不顧而他去

醉生夢死

戒酒好一陣子了，我卻
沒有辦法再做同一個夢
韶光迢迢，如水東去
儘管多麼懷念
儘管多麼懷念

檳　　榔

檳榔

我得見你的靈魂
就在你口腔之內
齒舌之間，氾濫濕潤
臣服於某些成癮
張羅起一路向西

⑤號城市觀察者 ——— 陳繁齊

1993 年生，臺北人，國北教語創系畢業。現專職文字工作，包含各式文案。個人創作領域包含詩、散文、歌詞。著有散文集《風箏落不下來》《在霧中和你說話》，詩集《下雨的人》《脆弱練習》《昨日，無人接聽》等作品。

晨式戀人

台北的早晨有排隊通勤的人群。紅眼班機的觀光客。有很多大樓的陰影。有一些從零開始計算的事——第一個到訪校園的學生。馬路上的第一聲喇叭，人行道上第一場腳踏車與行人的衝突。第一組為了賴床設置的鬧鐘響起，泡了第一杯今天的咖啡（也許接下來還要多喝幾杯）。打開手機看到的第一則動態，默默希望收到的第一則訊息不是廣告。早晨是容易被打擾的，因為都是第一個；如果沒有打擾，那就會是柔軟如棉被的親密與安穩。

純情台北男孩

純是孤獨的。是只擁有一種，即使它很多；是竭力給出，卻都沒有不一樣。像一張無邊的地毯但只有規則的花紋，有人在上面走動很久，最終因為不變而離去。純是只喝同一款酒。純是容易受傷的，所以孤獨地守護著。遺憾的是孤獨在台北似乎並不罕見。

咖啡時光

不知道台北那麼多的咖啡廳是在哪一年忽然地竄起，又在哪一年默默地隱去，從16年就開始自由工作者身分的我，不知覺也見證了好幾家店的興起與收拾；換句話說，至今仍在營業的店家，至少也已經七年了。

七年能夠算是很長的時間了吧？我喜歡被常光顧的店員或店長認得，我喜歡店家與顧客之間巧妙的友誼關係——七年裡當然不是每天出現，甚至僅僅出現幾次，但彼此都看見彼此還在，似乎就能寬慰生活的某一部分並未變壞。

願望達成

每一年過生日，如果恰巧有吹蠟燭許願的
環節，都會想到〈倒帶人生〉的歌詞：「每
次唱生日快樂 / 舊願望還沒發生 / 又得想
幾個新的」。看過《東京愛情故事》之後，
每年生日只要吹蠟燭環節出了狀況，都會
想到莉香與完治慶生、沒有把最後一根蠟
燭成功吹熄的片段。

雖然常常最重要、最秘密的願望，都擺在
最後一個，但三個願望還是太多了吧。後
來我總許重複的願望，也許只要有一個，
只要有一件想要發生的事發生了，就已經
非常滿足。

蛋餅

去了某一間早餐店，被早餐店阿姨問，上次那個短頭髮的女生呢？阿姨還用手在肩膀比了一下長度，試圖讓我理解。但我只能用時間算起，上次到這家早餐店——是疫情前的事了吧？所以，那也是好久之前的一段關係了。我告訴阿姨，我們已經沒有在一起了。阿姨點點頭咕噥「這樣啊。」就回頭去忙了。

我想起以前住在永和常去的小吃店老闆，他也常隨口問起某一年的我，只是，每一次都問一樣的問題。我常想，是本來就不重要所以心不在焉，還是我們對陌生人的記憶總是匱乏覆寫能力？而那些過時的印象就那樣滯留在他人的記憶裡，是否也能夠算是一種永恆？即使是不太重要的永恆。

要吃炸雞

這裡有檸檬唷。

煩惱時喝杯多多綠

煩惱時除了喝多多綠，吃麵包也很幸福。
小時候時常羨慕麵包店店員，每天可以浸
泡在香氣裡工作，長大後卻發現，自己完
全無法接受麵糰發酵時所散發出的氣味；
對於麵包店店員的夢幻般的羨慕，也轉成
一種對食物喜愛所延伸出的尊敬。

青蛙撞鮮奶

青蛙撞鮮奶

青蛙撞鮮奶

青蛙撞鮮奶

我們似乎很沉浸在這種樂趣裡：將一種事物幾近真實地比擬成另外一種毫不相干的事物。青蛙下蛋、螞蟻上樹、蒼蠅頭。為此，我曾經真的在網路上搜尋了青蛙蛋的照片，除了發現有網路商家直接把粉圓的商品名別名青蛙蛋之外，還發現其實青蛙蛋或許比較像奇亞籽。

如果有人再把這些食物做得更像呢？我時常在夜市裡思索這種奇怪的問題——關於比喻，會不會也存在著像是恐怖谷的理論的安全距離。

要戴口罩

我記得前幾年疫情嚴峻的時刻，因為連日戴著口罩，突然就難以想像無須戴著口罩的日子，但明明以前也經歷過——我一直試圖回想國小三四年級的 SARS，那段時間是如何進行：每日衛生股長在教室門口量體溫；中午時固定打開蒸飯箱正上方的舊電視，收看各種疫情的新聞；那時有戴口罩嗎……卻幾乎想不起來了。如同現在再回顧前幾年，漸漸地記憶也開始有些出入。

那或許是一種對生活的適性，已經活過來的，即使曾經凹凸不平，最終還是會成為另一種正常。雖然，我還是打開手機，在行事曆裡某一個遙遠的日子安排了「回想」的行程。

走路看路

有一些語句陌生到熟悉，例如我回想從小到大若因走路擦撞被路人罵，大概都是「嘖專心點好嗎？」、「沒長眼睛喔？」，「走路看路」是很切合的喝斥，但卻從來沒聽過。所以才很適合貼在這裡。像是我時常在騎車路怒之時思索到底要怎麼罵各種違規的路人，但思索到最後彷彿都不如髒話來得實際。

真的沒差

從小到大都偏向隨和的自己，有一段時間的確把「我沒差」掛在嘴邊，曾被某段戀情唸這是一種消極的參與。後來學會了幾種「我沒差」的溫和型：我都還好、我都可以，並且逐漸取代，大概也是知道自己的「沒差」不是真的沒差，只是差異不足以大到讓自己做出反應。

好孩子俱樂部

曾經接連問幾個朋友，覺得自己是在成長歷程的哪個階段開始變「壞」的？結果大家不約而同地都說了國中，我自己也是，自國中沒有接續著國小考上資優班之後，我就自認已經跳出「好」的圈圈，而後一個叛逆的國中生該做的也沒少做。

我記得當完兵沒多久曾參與過資優班的同學會，律師醫師工程師一個接著一個，從前的好孩子們，都準確地成為好成人們了。作為創作者的自己，好像站在一個比較不明的地帶。

即便如此，有人問我過得還好嗎，我還是會說好，我知道這兩種「好」不太相同，但我也知道哪個對我比較重要。

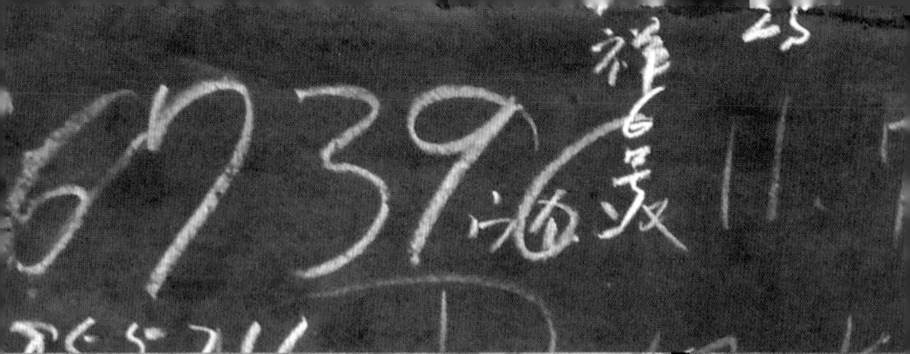

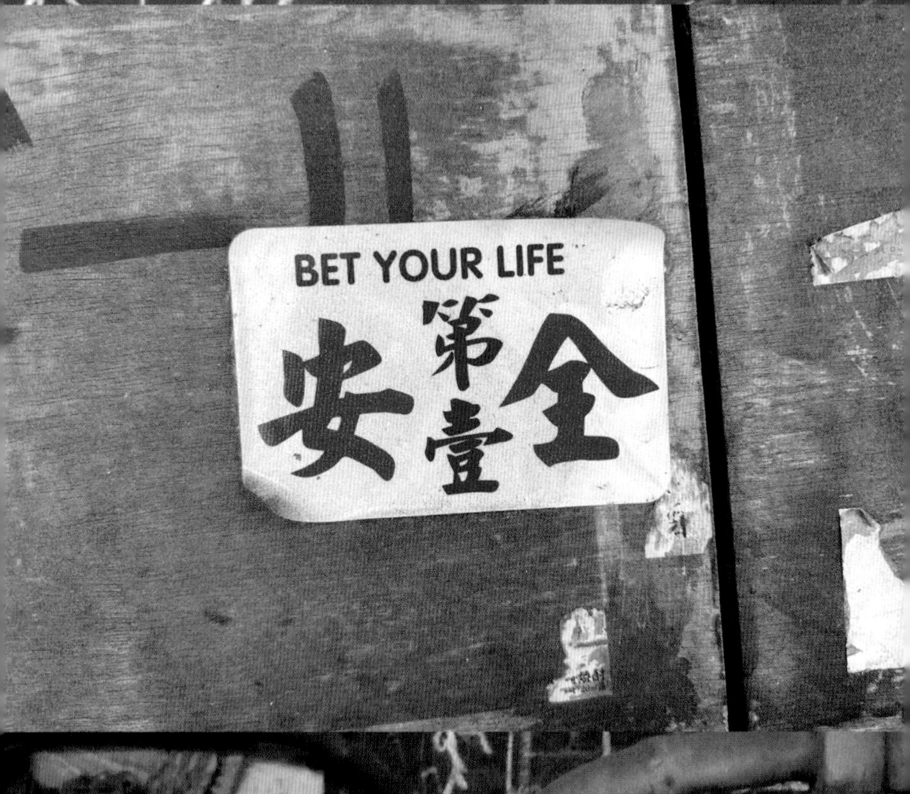
BET YOUR LIFE
安全第壹

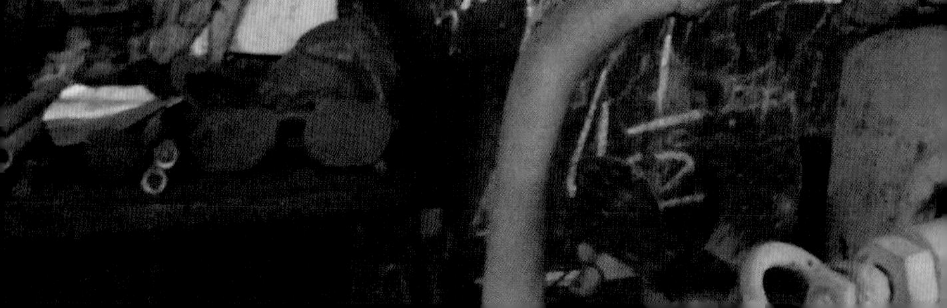

安全第一

有一陣子我非常服膺於臉書演算法推送給我的事故影片，小則趣味取向的跌倒、出糗，大則車禍，跟新聞畫面或是宣導片都不同，臉書的這些影片不會在事故的瞬間與前後做停格緩衝。也有一陣子，我時常做一些事故的夢，機車失速從駕駛座往前飛出、逃出失控的汽車之後看著它滑落山崖……儘管如此，危險仍然像是虛構的，似乎只有在發生之時，它才變成真實。安全也是。

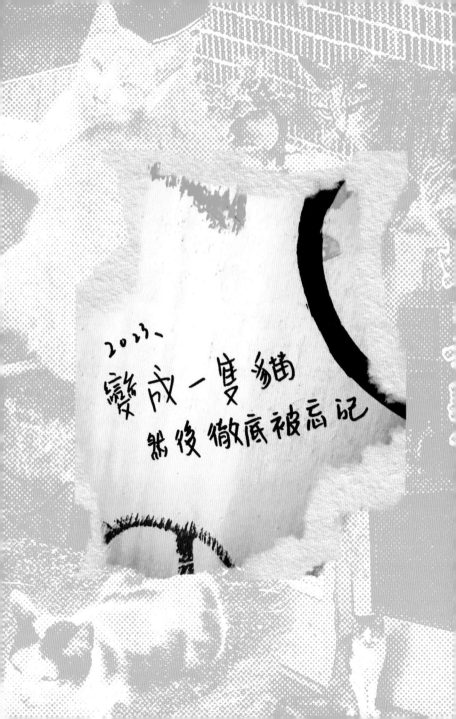

2023
變成一隻貓
然後徹底被忘記

不知道全台灣有多少隻貓叫做小橘、小黑、小虎？我也常常給只碰過一次的貓咪亂取名字，反正我知道這些名字最終也不會被領走，只要在那個時刻下，我唸出一些字（或者說是發出聲音），牠也過來應和我，那就已經足夠。偶爾會在後來的某一天，突然想起某一隻貓狗現在不知道在哪裡？那樣的想起姑且不能稱是記得，僅能算是對於世界的巨大的一種疑惑。後來也就繼續生活著。

台北這個城市沒有愛

台北這個城市沒有愛，卻充滿了愛的
證據。我們這些無關的人拿滿了證據，
反而更難想像愛真正的樣子。

在巷弄裡
散步台北設計

／研寫樂有限公司

研寫樂有限公司是由香港人周錦明（Kevin）在台北創立的設計顧問室，Kevin 在香港從事廣告設計業逾 20 年，曾任職《讀者文摘》亞洲區設計總監，之後自立門戶，開設廣告設計公司，曾為國際品牌如無印良品、時代週刊、亞洲週刊、遠東金融經濟雜誌等客戶設計宣傳刊物、海報及廣告。

2022 年，Kevin 在台北，並開設研寫樂有限公司，除提供客戶設計專業服務，也加入產品設計及行銷範疇。如同名字意思：「研」究設計、「寫」出風格、「樂」趣品味，他期望與台灣各方人才進行文化交流，匯聚多元風格結合，共創設計成果。

Kevin 工作以外，日常生活喜歡在各區巷弄散步閒逛，遂發現台北街頭有不少充滿設計感與趣味性的標籤貼紙張貼各處，例如公共路牌、路燈燈桿、水管、變電箱、冷氣壓縮機等。廣告設計背景出身的他，突然起心動念想為這些「城市另類風景」出版一本圖文書，由研寫樂負責書籍裝幀設計，再邀請五位創作者參與文字創作。

花了一年時間，這本《台北字遊行》合共收集 75 款貼紙、招牌及牆壁塗鴉，它們各具設計意念，充分表現出台北這個城市的街頭

藝術與潮流文化。另外，研寫樂有限公司更有幸邀請到全方位藝人夏宇童、劇作家簡莉穎、作家李豪、詩人崔舜華和詩人陳繁齊，從中延伸出 75 個奇妙思想的詩作、散文、隨筆等文類，最後誕生出這本由香港人跟台灣人共同創作的城市觀察圖文書。

最後，研寫樂有限公司非常感謝時報出版的認同與支持，並協助此書順利出版。

VIEW 139

台北字遊行
給散步者的冒險筆記

作者——夏宇童、簡莉穎、李豪、崔舜華、陳繁齊
策畫——研寫樂有限公司
攝影——研寫樂有限公司
書籍設計——研寫樂有限公司

主編——李國祥
企畫——吳美瑤
董事長——趙政岷
出版者——時報文化出版企業股份有限公司
　　　　108019 臺北市和平西路三段二四〇號三樓
　　　　發行專線：02-25306-6842
　　　　讀者服務專線：0800-231-705・02-2304-7103
　　　　讀者服務傳真：02-2304-6858
　　　　郵撥：19344724 時報文化出版公司
　　　　信箱：10899 臺北華江橋郵局第 99 信箱

時報悅讀網—— http://www.readingtimes.com.tw
電子郵件信箱—— genre@readingtimes.com.tw

法律顧問——理律法律事務所 陳長文律師、李念祖律師
印刷——華展印刷有限公司
初版一刷——二〇二四年一月十二日
定價——新臺幣四二〇元

時報文化出版公司成立於一九七五年，
並於一九九九年股票上櫃公開發行，於二〇〇八年脫離中時集團非屬旺中，
以「尊重智慧與創意的文化事業」為信念。

台北字遊行——給散步者的冒險筆記 / 夏宇童、簡莉穎、李豪、崔舜華、陳繁齊 著；
-- 初版 . -- 台北市：時報文化出版企業股份有限公司，2024.01
176 面；13 X 19 公分 (View ; 139)
ISBN 978-626-374-791-3（平裝）

863.3　112021807